詩と思想新人賞叢書14

あの日、水の森で

目次

カバー画／三浦菜々子

あの日、水の森で

梯子

はじめて梯子を見たのは三歳の夏だった
祖父の家のひさしに
梯子は立て掛けられていた
漆喰の白　華奢な足
そのままあたらしさ
芝生の庭にまぶしく光るちいさな梯子
触れるとすこしつめたかった

ブランコから落ちた姉が頭を切った
大声で母を呼び

泣きながら駆けた
その時も　梯子はあった
仄暗い街灯のかげにしんとあった

葬式で読経に飽き
よそ見をすると
けむる砂利道のむこう
白い梯子が雨に濡れていた

肺炎で入院した夜
消灯を過ぎ窓へ目を向けると
病棟の中庭に　ぽつりと白く
それはあった

梯子はあった
あらゆる場所に
または
どこにもなかった、
そう言う人もいた
いちど　てっぺんに蝶がとまっていた
のばした手をすり抜け
蝶は高く高く舞った

冷夏、虫も鳴かない
シーツを干していると
裏山の麓に　ちいさくあの梯子が見えた
現れた人影が梯子に取りつき
あっという間にのぼっていってしまった

梯子はわたしだけのものだと思っていたので
おどろいた
待っても待ってもひとは戻らず
はためくシーツのむこうに
積乱雲がのぞいた

うしなったもの
手に入れたもの
どれも　押しつけられたもの
選ぶことをゆるされていたのか
そのどちらでもないもの――
遠ざかってゆくものをわたしは知らない

なにもかも手放した、

そう勘違いをした日
するすると梯子をおりてきた男を追って妻になった
そんなことは忘れた、と夫は言う
大勢のひとがやってきては
幻のように通りすぎてゆく

つめたく光る梯子が見える
いつかひとりでその橋を渡る

耳畑

　満期の便りがあったので、耳を引きうけにゆく。バスに揺られながら、そういえばわたしには耳がなかったと思い出す。はつ秋、日ざしはころがるようにさざめいていた。

　停留所から歩くこと半里、てっぺんに火葬場をのぞむ山すその集落。その果てに段々畑がある。肥沃な土壌は、もとより損ないやすいからだの部位を殖やす畑であると秘密裏に口伝される。古くは耳塚があったという話もきくが、さだかではない。

　いちめんの群生する耳。吸音に優れた壁材に囲まれ、玉砂利の畦を踏み分ける音すらないが、三半規管を持たない耳介は沈黙にしんと澄んでいる。はしをつまむと､立ちあがった耳はわずかにぶ厚い。

あつらえの骨は老いやすい。年月にすり減るぶん、あらかじめ増してこしらえておく。他人の骨を植えると、耳は立像しないまま融けてしまう。出生時、子どもの欠損に泡を食った縁者が、わたしのいちばんやわらかな部位をとりだし袱紗に畳んでここへ運んできた。……さわがしい幼年だった。せめてこの世にあるたけの音をそそぎ込もうというはからいにより用意された玩具――跨がると嘶く木馬、こぼれるように鳴る硝子玉、つめたい喇叭――音を聞くことはなかったが、すべての玩具のささやきが、いまもゆびさきにのこっている。

詰所で二、三寸の壺を手渡される。底には、まっさらな耳がぴんと沈んであるはずだ。わたしから培養された、けれど果たしてほんとうにわたしの耳だろうか。ひらかれているようで、もとめる可聴音のみひろうよるべない末端。あまねく音は骨へ響き、深々と渦巻いて染む。見れば、べつの畑がすぐそこにある。剝離した硝子体がしんしんと降り積む標野。遮光網の向こうで、なんびゃく、なんぜんの瞳がまぶしく呼吸をつづけていた。
　玉砂利を蹴散らし、駆け出した。畝の裂け目から焦土が噴き出す。放り捨てた壺が散る音は鳴らなかったが、耳たちがいっせいに飛び立つのを頸椎が聴いた。もろい器官は遮音壁を跨ぎ、雲がさかんな空で遊泳をはじめる。摩耗するつまさき。ほとばしる振動、やまない反射。はかりしれない振幅を、手繰って、手繰って、骨をはぐくむ——。

　畝の終点で幼子から、「目のなかへ入れてしまった光をとりだしてほしい」と打ち明けられる。可視光に謀られない光もまた、眼窩をくぐり骨へ収斂する。幼子は裸足で、すすけた頰はひび割れていた。このよどみないまなざしが人工物であろうと。手を繋ぐことで伝導する五感。わななく夕凪に撫でられながら、いっしんにからだを澄ませる。

はしって　はしって
ずっととおくまで　いっちゃうの……

拙い読唇はとらえ損ね、うす明け。ふりあおげばひとすじ、山の中腹から雲を梳いたように立ちあらわれる——葬煙はパッと爆ぜ、遠洋へゆらゆらとたなびいてゆくのだった。

額縁

贋作のような夕暮れだ
かなしみを抱えた人など
ひとりもいないような
慣れ親しんだ嘘を
愛したまま終わることもできたのに
あなたは
いくつも路地を曲がって

西日がさす
窓の影がましかくに明るむ

はじめて自転車に乗った子どもが
こちらへ手をふり
窓から手をふり返した
そんなこともあった
目にうつるものしか見ることもできずに

夜雨の向こうから
うすい雨のはしをめくって
足早にやってくる人影があった
狭い路地へ
世界のなまぬるい塗装が流されてゆく

窓を開ける
袖のまつりがほどける

指先が濡れ
夢から醒める
わたしは手をふる
あなたは通りすぎる

森の話

おととい撃たれた鹿のまなざしがたたずんでいる。唐突に森ははじまり、しかし森からすれば、唐突にはじまったのは町のほうだったのかもしれない。

生産をやめない町のひとびとが埋葬と風向きをありのまま並列する祝日。散らかった什器の破片で舗道はいっそうきらめいていた。ほこりっぽい窓に降る灰は、夕暮れになると人影となって立ちあがり、町はずれの森をそぞろ歩く。澄みきったひと呼吸のため。その夕べ、森のはしをひょいとつまむとちいさく畳んで肩に担ぎ──森に棲む鳥や獣、木々を愛した子どもたちまで──夜をわたっていってしまった。

もう誰も森のことを思い出せない。漠然とした足りなさのなか、めいめい朝の湯を沸かす。今日もぼんやりと炉は焚かれ、置き去りにされた遊具はあたらしい灰を浴びながら、けれどしずかに燃えていて――ああ　いま、ぼくたちはほんとうに絶滅する！

最後にもう一度だけ、森の話。森のひとびとは獣のまなざしで順番に立ち上がり、歌うように発話をはじめる（やはりそれは滅びた言語で）。蝸牛はわき腹から透きとおる糞をし、小動物が知らぬ間に木を植えている、そんな地平で。木立はするどくいまさざめいている。

せんのよると　まんのじゅんかんをへて

あめつちをかえす
にぎやかにうまれ　いそがしくきえていった
あなたの　はいのうえで
わたくしは　とほうもなくいきる

春の足並み

浅瀬の貝が見る夢に
水平線がかすむ
浮かぶ対岸
波を蹴って駆ける馬たち
まどろむ体が湯気を吹き
地平線がけむる
並んで空へ足をつけ
深々と礼をする
蜃気楼の国のひとびと
生まれた場所へ

ふたたび戻ることはできない
手を振ることはできても

苦しみが苦しみのまま終わらないようにと
歯を食い縛り
祈ったことはあるだろうか
凍りついた波止場
錨をおろし春を待つ船が
いっせいに霧笛を鳴らし
ひそやかに日脚が伸びる
待ちわびたものと不意に出会い
気づかないまま離れてゆく
その一瞬の呼び名
幻の方角から

明け方
枕につけた耳の奥に
近づいてくる足音があった
あなたの腹の底の氷河を踏み割るために
たたかうべき時
迷わず立ち上がれるように
いそいで

夏のにおい

生きものが死ぬと
甘いにおいがする
夏になるとたくさん死ぬ
だから空気はほのかに甘い
心地よい
とわたしたちは思う
なつかしい
と思うことも

生き残ったものたちではじめる朝

蟬がぎりぎりと鳴き
鳥が目をみはり
子どもは駆け出す
たんなる晴れた日
それは夏
くさりかけた抜け殻をゆらし
甘い風が借景をわたってゆく

わたしたちはみな
遠いところから来た

秋の幽霊

ちいさな嘘をついた
ころされたちいさな真実が
向かい風になって
なにかを永遠にうばっていった

いつまでたっても迷子だ
受話器を握りしめたまま
みじかい夢をみて
日暮れの曲がり角で
手の鳴る音を聞く

木枯らし
なつかしい声に名前を呼ばれ
思い出したような気持ちになって
手を振って駆けてゆく
おおいそぎで
みな手ぶらで帰ってくるが
ついに帰らないひとびともいた

枯れ野
ふりむいたひとの顔が
途方もなくうつくしい
吐く息が白くけむり
季節もまたちいさな嘘をつく

冬の音楽

雪降りのあと　霧が立って
灯火を提げた死者たちがいそぎ足で
水のゆくえを追いかけていった
ひとつ知った顔が
立ち止まりこちらを見つめたが
呼びかけに応えてはくれなかった

霧が晴れる
まっさらな空気に音楽がこぼれる
かたく目をつむった地表が

土にかくまった生きもののため
おだやかに歌っているのだ

　　あめゆきふらせ
　　あめめゆゆきふららせ

薄雪はささやいて溶け
細く長い息で
汚れた地層をくぐり抜ける
凍った餅花を振り
遠ざかる薄着の子ども
無言の家々
どこまでも耳をすます
わたしにやさしい声はなくとも

ひとつ凧が空に迷い
地上のしずけさを見下ろしていた

わたしたちのはじめての船

柵のなかでわたしたちはやすらかに寝起きし、うす日に濡れた柵を美しいと思う朝さえあった。なにしろ長いあいだわたしたちは、草が這えば柵が柵であることすら忘れたし、鳥がとまればそれは木だとまちがえた――鳥はその向こうへ飛んでいったが。

「怒りを取り戻すべきだ」。口火を切ったのは誰だったか。わたしたちは一艘の船を拿捕する。大人たちが腰まで水に浸かりながら向かっていった、その光景はまぶしく目に焼き付いていて、船人をどうしたのか大人たちは言わなかったし、わたしたちもまた尋ねなかった。

埠頭の日ざしはまっしろで、びしょびしょの桟橋を踏む濡れた靴、靴。なにかをいそがしさで拭い去ろうとしたのか、みな朝からいっそう働き、よく笑った。

はじめての船がまもなく進水する。

巻き貝のような外階段を駆けあがるとき、歌を口ずさんでいたかもしれない。柵のてっぺんからぴかぴかの船を見おろす。誰かが一足早く風船から手を放し、なしくずしに楽隊の演奏がはじまり、くす玉が割れるとゆるやかに船は滑りはじめた。

船影が立ち上がる。みなが船のようなものへ手を振る。「みじかい夢と目ざめ」。眼下の少女が振り仰ぎ、はっとしたように口元を押さえたので、聞かれてしまったのだろう。

ひとつはぐれた風船が波の上をうろつく。よいものはみな遠ざかる。どれもまぶしく思い出される、それは風景で。

期日

風の巡る無音のふるさとで
今朝も決まった人間が仕舞われてゆく
父も母も弟も　期日にしたがい
布をたたむように支度を終え
白い服で
光のほうへ歩む背中は影みたいだった
しずかな和解を
どれだけ繰り返してきたのだろう
わたしたちは

やわらかな風切羽が宙を舞うとき
水に濡れた手紙が届いて
土踏まずをなぞるつめたい指先へ
あなたはそっと声をかけた
——そんな話はもう終わったよ

あるところでは
ひとは突然死ぬと聞いておどろいた
準備のために費やされることのない生は
子どもたちの遊びと似ている
めいめい傘を放り捨て水面を割る
どうしてあんなふうに飛べるのだろう
落下する先をまぶしく信頼して

知らない鳥が鳴いている
黒い服をぬぎ
刻まれた期日をかくすための
うすい靴下をぬぎ
芝草に立つ
もっと泣いたって笑ったってよかった
たとえ生と死が地続きであっても
深く痛みながら
ひとりでもがく

蛹

パン屋のイートインの片隅で
幼さを捨てる
賛美歌にうたれ
隣席の家族を祝福できない
ちっぽけな自意識を
時間をかけてゆるした
しなやかにたわむのに
遅すぎるということはない
合わない服はほどいて
からだは一度とかしてしまう

たまに
更地に並んだソーラーパネルと出くわす
盤面になみなみと映るのは
かつて見過ごした空だという
おだやかに晴れた日もあった
そのことにあたらしくおどろき
ゆっくりとまばたきをする
浮かぶつもりでいたのだろうか
飛行船のように
無害なものでふくらみ
空のうれしい点となって……

よその子どもが疑い深いおもざしで

通園鞄の紐をねじっている
無言の夫婦が深く腰かけ
ひとつのパンをわけあって噛む
あどけない嘘をついた
言おうとしたことを言いそびれた
つめたい丸テーブルにこぼれた
真昼の屑を
指の腹であつめ
そんなものを抱いたまま
生きてゆく

空が膨張する
風が乱横断する
光をかきまわすまえに

両の手をそろえ
散水を待つ
まぶしくて目を細めた
やわらかな雨を浴びたら
あつらえた空間へからだを合わせてゆく

帰宅

古い家へ帰る
とっくのむかしに家は取り壊されたので
それはきっと夢かなにかで
門扉に白い旗がびゅうびゅうはためき
その家が
いまはもうないことを告げていた

日当たりのよい居間
むかしの猫が振り返る
縞模様の背中がひかる

こんなところにいたなんて
元気そうでよかった
最後おまえは
ずいぶん痩せてしまったものね

晴れた日は富士山のてっぺんが見える窓
姉が割った浴室のドア
絨毯のしみ
廊下に照りこぼれるまぶしい光
窓という窓をひらくと
どこかで誰かから聞いた言葉が
つむじ風になり天窓から抜けていった

古い家を出る

長居してはいけない
いつかまた
ひとりで帰る場所なのだと
はためく旗が告げている

停留所

停留所の
右に動物霊園が
左に総合病院がある
右へ折れた時も　左へ折れた時も
いっしんに行き先を見つめるばかりで
見つめられていることに無関心だった
だから　ふり返ることができなかった

飼っていたカタツムリが死んだ
自然な息継ぎがふっとできずに

閉じてしまった穏やかさで
透明で無害な貝がらひとつになって
その時も　ふり返ることはできなかった

ちいさな生き物を燃やす炎と
しずかな呼気で
停留所は風が強い
行方のない晴れた日
架空の線をまっすぐ空へ引くひとを見た
お元気ですか
しあわせですか
また　いつか

すこし話そう　バスが来るまで

あなたのことをどんなに好きでも
なにひとつ変わることのない
世界のやさしさについて
あなたが忘れたふりをして
わたしがほんとうに忘れていた
たわいない日々　その逃げ足について

誰かを深く思う時
美しく思い出されるものばかりが思い出ではない
三叉路にまなざしがひるがえり
そして　わたしは
ふり返った

別れを告げる森

「きちんとお別れを言えなかった」
とこぼすと
「大きな声で叫べばいいよ」
と子どもが言った
そうすれば、
「きっと森へもとどくよ」
「森?　森って、どこの?」

この世のどこかに
しかしほど近くに

別れたものだけが集う森があるという

「ぼくは、お母さんの森を通り過ぎたことがある。
だから、そのことがわかる」

話す子どもの睫毛の縁を見つめていたら
瞳の奥に映るわたしの瞳の奥の
奥の奥に
森へとつづく小径があった

深く息を吸う
濃いみどりの風が胸に満ちる
もう一度、出会いなおす
さぁ　大声で叫べ

海行きの電車

子どもの手をひいて病院へ行く
電車ふたつとバス　乗り継いでゆく
生まれたばかりの頃は抱えて行ったが
いまはもう　自分で歩く

子どもと病院へかよう
理由はわかっているのだが
たまに
うまく納得がいかないことがある

でもわたしたちはこれから
海行きの電車に乗るのだ
吹きさらしのホームへ滑り込む
赤い色の電車
ボックス席のことを
「ピクニック席」と子どもは呼ぶ
平日の昼まえ
日ざしに濡れた座席
スーツ姿の手ぶらの男
大きなリュックサックを抱いてうつむく若い女
誰が海へ行くのか

子どもとわたしは病院のある駅で降りるが
電車はそのまま海へと向かう

いつか
理不尽に傷ついたら
終点の海へ行こう
赤い電車のピクニック席で
白い砂浜があるといい、と思う
「松ぼっくりも」
子どもが言う
うん、松ぼっくりも

踏み切りが鳴る
子どもの手をにぎる
遠い波を聞く

落ち葉

取手つきのキャリーワゴンに
レジャーシートを入れ
ちいさなテントとボールを入れ
遊びつかれた子どもを入れ
運びきれないものは
ずっしりと胸の底に抱えて
ガラゴロと並木道を行く

眠ると子どもは重たくなる
凩に雪がちらつき

道の先にそびえる上り坂に
吐く息がふるえた

いっそう強く風が吹いた　そのとき
枯れ葉が一枚
ワゴンのなかへきりきりと舞い込んだ
子どもがぱっと目を開ける
「あ、雪だね」
「うん、雪」
子どもは枯れ葉をつまむと
ふたたび目を閉じ深い息を吐いた

並木はひとつ残らずはだかだ
枯れ葉はどこからやってきたのか

冬ざれた空のほころびから
いったいなにを伝えに

子どもの手から枯れ葉をそっととり
コートの胸元へしまう
木々はひとに呼びかけたりはしない
それはわかっている
わかってはいるけれど
それでも、それでも

マフラーを締めなおし家路をいそぐ
門灯はつけて出ただろうか、と思う
門灯がついているといい
明るく灯っているといい

挨拶

容赦なくやって来た朝の日ざしが
立ち枯れた草を
蟻に運ばれてゆく蜂を
わたしの瞼を　腕を
ひりひりと焼く
そよ吹く風も
暮れなずむ空も
ひとは身勝手に解釈する
はかなく強い循環に
意味など求めてはいけないのに

夏の夜　光る木々
虫たちの命を削る発光
そのことを美しいと思う
田園をわたる風　車窓
この道もかつて戦場だった
捕虫網　呼び声　ふり向けば、かげろう
通り雨　遠雷
あなたに会いたい

窓を開ければ　きょうも
まどろむ花に
朝の鳥の尾羽に
まだ夜の残る葉かげに

ひっそりと折り畳まれたさびしさが
幼いわたしに
「おはよう」と言う

シッカリ

あたらしい光源をもとめて
採光をつづけていた
鳥追いのカイトがゆれる果樹園で
つまらないものを握りしめていた
そのときはつまらないものではなかった

またある時は
幼い感度で補助線をひく
そのようにパドックを横切る仔馬の尻に
白い旗がちらちらとはためいていた

魂をころすような真似はよそうと決めたのが
たしかそのときだった

ほんとうに出会ったものにしか見ることのできない
波紋を
息を吹きかけることであらわしてしまう
あまりのたやすさに疑い
なかったことにすると
それきり出会うことはできなかった

なにかをふたたび取り戻せたとして
二度とうしなわずにいられるだろうか
気づかず手放してしまうのだろうか

薄明光線が
よごれた地表をゆるしている
いくどもぶ厚い雪がつもった
最果ての名を持つ地層に埋もれ
ゆっくりと宝石化してゆく
ありふれた感情

すれちがう
すれちがうべきでなかったと振り向くと
もうそのひとはいない

朝

湖面を霧がはしる
するどい朝
はばたきをおさえ水鳥は
伐採の跡に首をかしげる
昨夜はすべての灯りを消して
空の明るさを確かめた、おなじ窓辺で
また日々を生きのびた
切り株から立ち昇る湯気を浴び
ひとり息を詰めている
若者たちは水路の話にいそがしい

木々を燃すのはいつか
石を育てるためになにを殺すか――
山々は遠く雲をかぶり
飛び石に片足立って
わたしたちは生きのびたつもりでいた

木は眠ると自由になる
いつか見たような顔でやってきて
まなざしで糾弾する
「愚かさを持てなかったもののせいにするな！」
わたしたちは木を切る
木々は沈みかけた星を抱き
黙ったまま軋みをあげ倒れる
土煙を浴びながら棒のようにわたしたちは

青白む空を見上げ
薄日が
仄かな死のにおいをぬぐってゆく
そのときを待った

白霜を踏み越え
今朝がた切られた木が
水をもらいにやってくる
彼等といえば
からだに百年分の水を溜めておきながら
いつだって今日の一杯が足りない
窓の向こう
山肌をころがるように駆けてくるのは
——子どもたちでしょうか。あんなにまっすぐ腕をのばして

問いかけると
まぶしそうに木はこたえた
――いいえ、あれは朝の光。あなたが手放そうとしたもののすべて

おもかげ

カラマツの小径の向こうから
面影がやってくる
日ざしに松葉をくっつけて
行き過ぎてしまえば　あとはただ
尾根からどうどうと湧く昏い雲だ

面影をひっぺがし
大人になったつもりでいた
泣きながら家へ帰る子どもだったことを忘れて

すがる手をふりはらったこと
出さなかったみじかい手紙
すべては都会の雨だれだ
ほんのちょっとの美しさにかき消され
石畳へ染みてゆく
ただの旋律だ

夜になれば　ここは影ばかり
悲鳴をあげながら
深い木立をいまも駆けているのか
捨て置いたはずの痛みは

風がそよいでも葉ずれの音がしない
白昼夢の午後だ　乱反射だ

カラマツの木のてっぺんに面影がひるがえる
うけとめてみせようと手をひろげた
高く飛べ、と思う

どうせ夢なら高く飛べ

たそがれ

i

山向こうの西日を懐紙に包むしごとを
わたしたちはしており
夕暮れ時はいそがしかった
空がいちめん染まるのは
楡が夢を見るからだと
いただきの大樹を指してみせては
ぐずる妹に
ハッカ糖をぽきりと折ってあたえてやった

子どものなかでものろまなわたしは
夕焼けをとりこぼしてばかりで
とばりをかがる地味なしごとをまかされていた

ii

照りこぼれた西日をたどって丘をのぼると
楡のしたに兄が立っている
たそがれ時にだけ会える兄は
灰色の袖で顔をかくしており
兄を見たことのないわたしは
これも楡の夢なのだろうと
幼心にしんじていた

しきたりに従い足もとへ
まっさらな装束をひとそろい置いたら
なにも待たず帰る
一度だけ
ふりかえってみたことがある
いつかわたしだったようなうしろすがたが
楡のこずえへ帰ってゆくのが見えた

iii

盛夏にひそむはつ秋の気配に
おびえない愚かさを
もしもわたしが持っていたなら――

幸福な時間は過ぎ去るためにあると気づいたとき
長い長いたそがれは終わった
わたしたちは
箪笥ごと濡れ縁へ引っぱり出すと
すべての引き出しを開けはなつ
なんびゃく、なんぜんの懐紙が西の空に舞い
影のようにきりきりと散った

切って落とすように夜が
楡のこずえから
灰色の装束をまとった姿がいくつもいくつも
立ちあらわれ
葬列のように
しずしずと山をおりてゆく

秋霖にまぎれ
わたしの綴じそこねた山の端から
とばりをくぐり去っていった
楡の木はその宵のうちに葉を落とし
わたしはあたらしい服を着て
きつく糸を締め上げる
老いた小指を燃やしながら
わずかな光さえとりこぼすまい
この夜のうちに

湖の島

踏み出せば、前ぶれもなく湖
澄んだ湖水にくるぶしまで浸る
昨日までは町だった
わたしは町を愛せなかったし
町もわたしを愛さなかったが
かつての空を銀の魚がすべってゆく
干しっぱなしのシャツが暗い水にたゆたい
水は容赦なかったのだとわかった

山の火だからと見て見ぬふりをした

夜のうちに火は
木々を焼きつくし
町を舐め
ついに石まで焼いたのだった
誰かが湖を呼び
ほんとうに水はやって来たのだろう
岸辺のところどころから細く煙がたちのぼる
奪えるものは奪い
火は地中へ潜ったようだ
くすぶる木々から
手のひらを焦がし
森のひとびとが降りてくる
めいめい湖岸であたらしい服を受けとり
風力ヨットへ乗り込むところだ

波紋とともに
よるべなく着岸をくり返す町のおもかげ
問いかけはなく
よいことも
わるいことも
ある日
不意に終わる
わたしは町を愛したかった
つらいことばかりだったちいさな部屋と
日当たりのよい広場　日曜日の噴水
星のかわりに瞬いていた
知らない窓、窓——

測量はしずかにはじまっていた

裾を濡らしてやって来た光のひとは
わたしのうなじへ物差しをあて
——これからあなたは島です
囁いた時には
もう島になっていた
——ちいさいけれど美しい島です
水平線の彼方ににじむ
いくつもの帆影
じき船が着く
深く息を吐き
両の手をひろげた
もう一度すべてを
あたらしく迎えるために

浮力

渓谷をこえ
ついに手のとどかないものになる
「乗船のあいだだけ、忘れたことを思い出す」
気球に揺られて
眼下の草原に列をなすひとびと
もう何年も待っている
身軽になるため
肉も魂も惜しげもなく捨てた
わたしもかつてあのなかにあって
空に浮かぶよるべない白を見上げていた

なにもない田畑
川べりの体操
手を振る土地の子どもたち――
空にかこまれて暮らす彼らは
この世のはんぶん以上は
手のとどかないものだと知っている――
その姿もあわく霞み
からだの奥で結び目が
順に順にほどけてゆく
あぁ　思い出したことなどひとつもない
そっと結ばれ呼吸していた
よろこびもかなしみもひとしく重く
気球は徐々に高度をさげる

出会いなおすことばかり求めた
ほんとうに手放せたことなど
なにひとつなかった、それなのに

風とおしのよい草原に接地すれば
なにもかも遠ざかってゆく
あどけない痛みも
まっすぐな道のような声が
耳もとでささやいたみじかい言葉も

山羊のいない町

町は山羊を歓迎した
愛したものも　敵も
そうでないものも
もう充分に死んだ
疲労した町に青々と茂る
雑草のような明るさを
わたしたちは求めた

あの美しい山脈から
山羊たちはやってきた

湖にかかる橋を渡って
もう追われることもない
三叉路で陽を浴び
硝子の向こうから
ただ見つめることしかできない
町のひとびとを
おだやかな瞳でゆるしている

山羊たちが町を捨てる夕暮れ
路上のシャドー・ピープルが
山羊の隊列に加わる
日が落ちれば橋は湖底に沈み
消えたひとびとが数えられることはなかった
なんだったのだろう

わたしたちが命を捨ててまで
守ろうとしたものは

もし、朝がやって来るなら——
家々の窓はふたたび開けられ
ひとびとは唱えるだろう
　わたしたちは走れる
わたしたちは　まだ、走れる
かつて季節にはにおいがあった
そんなことも忘れて

長い　長い日没
薄暗がりに母子の影が伸びる
もろい灰が往来に散る

舗道を舐める仔山羊の湿った舌先から
ふいにちいさな竜巻がうまれる

蟲

じゅんばんに手をつなぐと
おおきな意志となる
わたしたちは貝のおもざしで重く歩いた
苔のうえでやさしいものが死んでいる
黙って行き過ぎると
なかったことになった
むしるように花を摘んだ
霧の向こうから見つめる瞳は
花たちの親のものであったが
行き過ぎると

それもなかったことになった

草露に足を濡らして風を待つ
葉ずれの音が昏い木立を渡ってゆく
しかし待たれた風ではなかった
わたしたちは
湿った土の奥へ
それが潜ってゆくのを見た
巨大ななにかが
尻のほうからゆっくり
臼を碾くように頭まで
低い唸りが地を震わせ
やがて鎮まる
ひとり　またひとり　手をはなし

それから
じっとりと風が吹いた

わたしたちは水辺で足を洗った
駆けまわってかわかした
しぶきが光のように散らばるとき
わたしたちは退屈を忘れる
ひとりが　ふと立ち止まり
潜っていったものについて考えはじめた
行き過ぎたまま振り返ることのなかった
やさしさ、そして怒りについて
立ち止まるものは追って増え
もう
ふたたび手をとることはできなかった

木立の葉かげにまなざしがある
ちらちらとある
じき、夜だ
――わたしたちがなかったことにした、すべての

水を汲むからだ

夢で、さびしさの練習をしていた
ひたひたに水を汲んだからだを起こし
遺跡になってゆく町を見おろす

ひとびとは肩口から若い木を生やし
とりとめのない雲は腹をそろえて
新芽を摘む若者たち
爪を切るように清潔だ
人類は進化した
すこしずつじぶんを切り捨てながら生きている

氷河期にはやすやすと冬眠し
土の向こうで終わらない穴が
ひとであった残像を呑み込んでゆく
（……もろい練習は
本番にたえることができない
それでもくりかえしてしまう
くりかえしてしまう）

そらんじてきたことの意味のなさに
滅びかけてから気づく
テスラの風車はまわりつづけて
雨期のわりに晴れている
この部屋は日当たりがいい
芽さえ吹かない片腕を持てあまし

しずかに水を吐いた

山頂で座礁したまま
捨て置かれた方舟が
朝靄をかぶった影のようだ
その舵を
いまからとりにゆく

水と塩

喉の奥にちいさな塩田がある。繰り返されるたび切り捨てた感情が白々と結晶している。溜め置いた唾で田を潤し、咳き込みながら襟を立ててあるいた。

底に敷き詰められたなめらかな塩砂。すくおうとするとすりぬけてゆく、すりぬけてこぼれてゆく。さびしい水はつま先から気化し、霧を吹いたからにはもう、乾いたからだで微笑むことも容易い。

思いがけない狙撃。たわいない挨拶、なにげない問いかけ、日々の明るさ——撃ち抜かれ、空いた穴へ転げ落ちる。穴の底ですこし眠る――。月のない道をえんえんとひとりあるいたことがあった。その時でさえ、落下は待たれていたのだろうか。

浴室で泣く。さほど泣けず湯張りをはじめる。感情のすべてを涙であしらうには日が経ちすぎていた。窓のサッシに霜が降りる。穴の底から真水が湧く。擦過音が耳をかすめる。弱い毒に蝕まれてなお強くありたいと吐く息は、厳寒の夜、無実の鳥を落とすのだった。

傷つくことをおぼえたばかりの子ども。水際の砂利を踏みしめて歩く。うしろあたまを無数の手が撫でてゆく。あまりにそっとだったので、風の仕業だと子どもは思った。対岸に立つかつての子どもがそれを見ていた。

(大声で泣きながら家へ帰るのを禁じたのはいつからだろう。知らないうちにささやかに愛されていたことは……?)

喉の奥にちいさな塩湖がある。かなしみも、不意のよろこびもひとところへそそぎ、なみなみとひたひたと満ちる。風が吹けば美しいさざなみが立つこともある。霧が晴れたら湖面へつま先をさす。透明な航路をまっすぐにひけ。すべての海へみちを拓く。水がひく前に。

あなたの知らないふるさとが

家にいるのに、ふと
「帰りたい」と思うのは
忘れてしまったふるさとが
あなたのことを思い出すから

はじめての道がなつかしいのは
あなたをひそやかに愛したひとが
いつかそこを通ったから

しらない歌を

あなたは口ずさむことができる
うしなわれた言葉も

待っても待っても戻らないひとがいるとき
あなたは気づくだろう
旅に出たのではなく
みな帰っていったのだ

プロフィール

草間小鳥子（くさま・ことりこ）

横浜市生まれ。

二〇一四年、詩集『てのひらに冒険』（私家版）。

二〇一九年、資生堂の季刊誌「花椿」で小詩集『ビオトープ』を発表。第27回「詩と思想」新人賞。第14回北日本児童文学賞最優秀賞。詩と声と音のユニット「Poetic Mica Drops」としてライブ活動も行う。

詩と思想新人賞叢書14

あの日《ひ》、水《みず》の森《もり》で

二〇二〇年十月二十五日　発行

著者　草間小鳥子
装丁　直井和夫
発行者　高木祐子
発行所　土曜美術社出版販売
〒一六二—〇八一三　東京都新宿区東五軒町三—一〇
電話　〇三—五二二九—〇七三〇
FAX　〇三—五二二九—〇七三二
振替　〇〇一六〇—九—七五六九〇九

印刷・製本　モリモト印刷

ISBN978-4-8120-2596-3　C0392